Este libro pertenece a:

_____

_____

Noguera Arrieta, Luisa
    Yo te cuido / Luisa Noguera Arrieta ; ilustraciones Patricia
Acosta. -- Edición Mireya Fonseca Leal. -- Bogotá : Panamericana
Editorial, 2011.
    56 p. : il. ; 23 cm.
    ISBN 978-958-30-3671-2
    1. Cuentos infantiles colombianos 2. Relaciones familiares
- Cuentos infantiles I. Acosta, Patricia, il. II. Fonseca Leal, Mireya,
ed. III. Tít.
I863.6 cd 21 ed.
A1282594

    CEP-Banco de la República-Biblioteca Luis Ángel Arango

¡Yo te cuido!

Finalista
Premio de Literatura Infantil
Barco de Vapor - Biblioteca Luis Ángel Arango
2010

Primera reimpresión, junio de 2012
Primera edición, en Panamericana Editorial Ltda.,
agosto de 2007
© Luisa Noguera Arrieta
© Panamericana Editorial Ltda.
Calle 12 No. 34-30, Tel.: (57 1) 3649000
Fax: (57 1) 2373805
www.panamericanaeditorial.com
Bogotá D. C., Colombia

Editor
Panamericana Editorial Ltda.
Edición
Mireya Fonseca
Ilustraciones
Patricia Acosta
Diagramación y diseño de cubierta
® Marca Registrada Diseño Gráfico Ltda.

ISBN 978-958-30-3671-2

Impreso por Panamericana Formas e Impresos S. A.
Calle 65 No. 95-28, Tels.: (57 1) 4302110 - 4300355. Fax: (57 1) 2763008
Bogotá D. C., Colombia
Quien solo actúa como impresor.
Impreso en Colombia   *Printed in Colombia*

Luisa Noguera Arrieta

¡Yo te cuido!

Ilustraciones
Patricia Acosta

PANAMERICANA
EDITORIAL

Uno aún no sabe y el otro olvida;
uno es muy lento, el otro es veloz.
Toda una vida contra unos años...
... lazo tan dulce, sé que no hay dos.

Roberto tiene ocho años y puede correr como un
conejo; su abuelo Álvaro tiene ochenta y necesita
un bastón para caminar.

Roberto ha salido a vacaciones de mitad de año;
cursa tercero. Su abuelo trabajó por más de cuarenta
años seguidos, y hace quince se pensionó.

Viven en la misma casa. Los dos se levantan
muy temprano y mientras el abuelo lee las noticias
en el periódico, Roberto se divierte con la separata
de las tiras cómicas. El abuelo se toma una taza de
café caliente y Roberto una de leche tibia, aunque se
muere por probar el café negro. Se pregunta por qué
su abuelo lo disfruta tanto y cómo puede beber
de aquella taza humeante, sin quemarse la lengua.
A las ocho de la mañana desayunan y, luego, tienen
todo el día para estar juntos.

El abuelo peina con cuidado el poco cabello blanco
que rodea su cabeza; ha perdido el de la parte superior.
Roberto trata de domar con un cepillo y un poco de gel,
el rebelde pelo negro y brillante que crece por toda
la suya.

Observa, sin perder detalle, el ritual de afeitada
de su abuelo: primero esparce con la ayuda de
una brocha, una gran cantidad de espuma blanca sobre
su cara y mientras esta actúa suavizando su piel, alista
en su alcoba la ropa que va a ponerse. Regresa al baño
y llena una pequeña vasija con agua caliente, saca
su máquina de afeitar y con muchísimo cuidado, toca
con uno de sus dedos la delgada cuchilla. "¡Está filosa!",
dice al niño guiñándole un ojo.

Luego pasa lenta, muy lentamente, su máquina
de afeitar sobre sus mejillas y su mentón. Se detiene
en las patillas, cuidando que queden parejas, y cada
dos o tres pasadas, sumerge la máquina en la vasija
de agua y la sacude para limpiarla. Echa la cabeza
hacia atrás y repite todo, esta vez sobre su cuello.
Roberto, cuando el abuelo abandona el baño, se apoya
en el lavamanos empinándose un poco y observa
con atención buscando, infructuosamente en el espejo,
la presencia de algún pelo sobre su mentón.

Las mañanas pertenecen al jardín.
Al abuelo le gusta cuidar su rosal.
La abuela lo cuidó siempre, y ahora
lo hace él. Corta una por una las
rosas y las hojas marchitas, para
que las nuevas puedan salir.

Roberto se agacha y arranca
los brotes de pasto que invaden
la tierra del rosal y, luego, riega
con la manguera todas las plantas
del jardín.

Al terminar se sientan juntos en la escalinata
de la entrada a mirar cómo vienen de visita
las moscas, mosquitos, una que otra mariposa
pequeña y algunas aves.

De medias nueves comen algo ligero: un pan
de yuca o una galleta dulce con una tacita de café
con leche.

Al abuelo le gusta leer. A Roberto, no tanto.
El abuelo quiere que el niño conozca los personajes
que acompañaron su niñez, la cual terminó hace
tanto tiempo. Tiene muchos libros en su alcoba. Libros
grandes, voluminosos, de tapa dura y papel amarillento,
con muchas, muchas letras y ni un solo dibujo.
A Roberto, el simple hecho de mirarlos le produce
temor. "¿Tendré que leerlos?", piensa, "y peor aún,
¿tendré que leerlos en voz alta para mi abuelo?".

La mayoría de las veces, el abuelo es quien lee en voz alta para el niño y este ha descubierto que esos "aburridos" libros, en realidad no lo son. "¡Ven aquí!", le dijo su abuelo una mañana. "Ya que mi misión es cuidarte, también voy a culturizarte".

Roberto se fascina con las aventuras de los tres mosqueteros del rey. Desde entonces, la hora anterior a que sirvan el almuerzo, pertenece a la lectura.

Las tardes, según palabras del abuelo, son de Roberto.
Las tardes son para salir a caminar y a jugar en el
parque. Pero el niño no puede llevar su bicicleta; mamá
le ha dicho que es peligroso que la saquen ellos solos.
¿Qué podría hacer el abuelo, si apareciera un ladrón?
"¡Tu mamá es una exagerada!", refunfuña el abuelo.
"¡Vamos a sacar la bicicleta! ¡Yo te cuido!".

Sin embargo, a Roberto le da miedo y miente,
diciendo que prefiere llevar su balón de fútbol
o jugar en el parque.

Una tarde, de regreso a casa, Roberto sintió un viento
frío y el sol comenzó a opacarse tras las nubes.
"Abuelito, ¿podemos caminar más rápido? Va a llover",
dijo preocupado.

El abuelo pareció no escuchar el comentario del niño
y siguió caminando con su paso lento, arrastrando
un pie tras el otro, apartando con cuidado las piedritas
del camino con el extremo de su bastón. De repente
se detuvo, miró hacia arriba, y al descubrir las negras
nubes que se agrupaban sobre sus cabezas, jaló de un
brazo a Roberto apresurando el paso y olvidó, por
un instante, que le costaba trabajo caminar.

"¡Muévete!", le dijo al niño. "Va a llover y si nos mojamos, nos vamos a enfermar los dos y no podremos salir en varios días".

Uno, dos, tres, cuatro, cinco goterones cayeron sobre la calva del abuelo. Seis, siete y ocho, mojaron la nariz y las mejillas de Roberto. El niño tomó la mano de su abuelo y apresuraron el paso en dirección a su casa. "Esniff, esniff", aspiró el abuelo. Desde la panadería, cruzando la calle, se escapaba un delicioso aroma a pan francés recién salido del horno.

El abuelo cambió de dirección, pensando que el agua
les daría tiempo de comprar el pan y regresar a su casa
para tomar una deliciosa taza de chocolate caliente,
con pan francés y queso crema.

Nueve, diez, once y doce..., las gruesas gotas de lluvia
anunciaban un copioso aguacero.

"Nos vamos a mojar", dijo Roberto jalando a su abuelo
nuevamente en dirección a la casa, pensando en que
no tendrían tiempo para llegar secos y en el regaño
de su mamá si se quedaban bajo la lluvia.

"¡Vamos a la panadería!", enfatizó el abuelo dando un fuerte jalón a Roberto hacia el local de toldillo anaranjado. Brincaron por la acera esquivando los charcos, buscando el lugar adecuado para cruzar la calle. El andén era muy alto y al abuelo le costaba trabajo bajarlo sin perder el equilibrio. Los carros amenazaban con lavarlos de los pies a la cabeza, levantando con sus llantas el agua de los enormes charcos que rápidamente fueron formándose.

"Crucemos por la cebra abuelito", sugirió el niño tratando de llevarlo hasta la esquina. Tercamente, el abuelo se resistió a seguirlo pensando que si la panadería estaba justo al frente, ¿para qué tendrían que ir hasta la esquina?, eso los demoraría y se mojarían aún más. "Permanece atento", le dijo al niño, "y cuando te diga ¡ya!, corres. Que no te asusten los carros, Roberto, ¡yo te cuido!".

La ruana de lana del abuelo ya no se veía esponjosa. Las cuatro puntas chorreaban. Sus zapatos de cuero estaban llenos de agua, y al caminar se formaban burbujitas por entre los pequeños orificios que decoraban la parte superior.

Roberto tenía el bluyín pegado a sus piernas. La camiseta a rayas se había pegado a su cuerpo y sus tenis rojos dejaban charquitos colorados tras sus pasos.

Se pararon al borde del andén observando, entre la lluvia, los autos que pasaban velozmente.

"Después del verde", dijo el abuelo dispuesto
a pegar un brinco hacia la calle. "¡Ya no!, ¡ya no!",
se arrepintió, deteniendo con su brazo a Roberto,
quien azorado pretendía correr tras su abuelo. "¡Esta
bestia va muy rápido!", gritó levantando amenazante
su bastón en dirección al vehículo, cuyo conductor
ni siquiera notó su presencia.

"Abuelito", suplicó Roberto, "vamos a la esquina
y cruzamos por la cebra, igual, ya estamos empapados.
"¿Dónde ves una cebra, Roberto? ¿Acaso estamos
en el África? Ponte atento que nunca vamos a cruzar
esta calle", dijo el abuelo poniéndose de mal humor.

"¡Bruuummmm!". Un estruendoso relámpago
los hizo retroceder.

"¡No te asustes Robert, es solo un rayo! ¡Yo te cuido!",
dijo el abuelo acariciando la cabeza del niño, que estaba
completamente mojada. Notó entonces que ambos
estaban, en realidad, emparamados y soltó una alegre
risotada. "Tu mamá se va a poner furiosa", dijo.
"¡Qué divertido!".

Roberto sufría. Su mamá le había dicho que el abuelo
no podía salir al viento frío y mucho menos mojarse
bajo la lluvia. Pidió que regresaran a la casa y prometió,
en cuanto dejara de llover, volver a la panadería
y comprar el pan francés. "¡No!, ya va a estar frío", gritó
el abuelo. "O, peor, ya no va a haber. No seas gallina,
¿te da miedo mojarte?".

Roberto no sabía qué hacer.

"¡Ahora!", gritó de repente el abuelo y, asombrosamente rápido, teniendo en cuenta sus años, su reuma y su bastón, se lanzó a cruzar la calle seguido por el niño, que intentaba con su mano izquierda detener los carros que pasaban demasiado cerca. "¡Imprudentes!, ¡locos!", gritaban los conductores acompañando sus quejas con el sonido estridente de los pitos.

Lograron cruzar la calle y alcanzar sanos y salvos la acera. " ¡Mmmm, mmmm, huele delicioso!", dijo el abuelo aspirando profundamente.

38

Apresuraron el paso y entraron a la panadería.
"Buenas tardes señorita, dos *baguettes* calientes,
por favor", pidió el abuelo. "Empacaditos para llevar".

"¡Brabuummm!, ¡Brrrumm!", rugió el cielo nuevamente.
"Plung, plung, pling, pling, plung, pling, pling..."
comenzaron a caer una, dos, tres, cuatro, cinco,...
miles de pepitas de granizo.

La panadera no pudo escuchar el pedido; el granizo
sobre las tejas hacía tanto ruido que era imposible
oír algo diferente al "concierto" en el tejado. El abuelo
manoteaba impaciente mientras Roberto trataba
de calmarlo. El niño lo condujo a una mesa y casi gritó
en su oído. "¡Siéntate abuelito! ¡Yo voy a pedir el pan!".

"¡Brabuummm! ¡Brrrumm! ¡Brrrumm!", gritó el cielo
una vez más.

El granizo dejó de caer y una espesa cortina
de agua cubrió la entrada y las ventanas del local.
Por la puerta comenzó a entrar a raudales una enorme
corriente de agua. La panadera y su ayudante dejaron
el mostrador y corrieron con dos escobas a tratar
de detenerla. Otro empleado se apresuró a recoger
las canastas llenas de pan y las cajas de cartón
con los pedidos para otras tiendas. Todo se mojó
en un instante.

"¡No te vayas Robert!", dijo el abuelo abrazando al niño. "Siéntate a mi lado, sube los pies sobre la silla y quédate conmigo. Es solo la lluvia, no te asustes. ¡Yo te cuido!".

"Dos *baguettes*, por favor", gritó el abuelo a voz en cuello. "¡Se van a enfriar!". Pero nadie acudió a atenderlo, todos estaban muy ocupados tratando de evitar que el agua siguiera entrando a la panadería.

Para cuando se controló el desastre, el abuelo estaba
muy enojado. La fuerza del aguacero había disminuido,
pero continuaba lloviendo incesantemente. El pan
ya se había enfriado.

Al poco rato, la panadera se acercó secándose
las manos con el borde de su delantal. Se veía acalorada
y fatigada. "Ahora sí, don Alvarito. ¿Qué desea?",
preguntó solícita. "¡Ya nada!", refunfuñó el abuelo.
"El pan ya debe estar frío". "No se enoje", dijo
amablemente ella. "Todavía hay unos panes
en el horno y, si quiere, yo le preparo un chocolate
mientras escampa. ¡Lloviendo de esta manera
no pueden irse a su casa! Quítese la ruana mojada,
que se va a enfermar".

Esa propuesta le pareció una excelente
idea al abuelo. Le dio un codazo
a Roberto y le dijo: "¿Qué te parece?
¡Vamos a tomar onces aquí!".

La cara del niño se veía muy preocupada.
Pensaba en su mamá y en su papá;
en que estarían esperándolos, o quizás,
buscándolos en la calle. Nunca se habían
demorado tanto afuera. "Abuelito, ya casi
va a oscurecer", dijo con un hilo de voz.

El abuelo se quitó los zapatos
y las medias. "No podemos salir con esta
lluvia" respondió. "¿Te asusta la oscuridad?
No tengas miedo Robert, ¡yo te cuido!".

46

La panadera le entregó una toalla al abuelo y extendió su ruana sobre una silla. Puso varias hojas de papel periódico en el piso y le sugirió que pusiera los pies sobre ellas, para que no se le enfriaran mientras les servía el chocolate.

"¡Qué bien!", suspiró el abuelo. "No hay nada mejor que ver llover, mientras te tomas un chocolate caliente".

Roberto se acercó a la puerta suplicando, mentalmente, que la lluvia cesara para regresar a casa. "Mi abuelito se va a enfermar", pensó. Volvió a la mesa en el momento justo en que dos deliciosas tazas de chocolate fueron servidas. "¿Y el pan?", insistió el abuelo. "¿Sigue caliente?".

La panadera se acercó llevando una bandeja con varias
tajadas del delicioso pan y dos trozos de queso.
El abuelo aplaudió entusiasmado, partió en pedacitos
el queso y los echó dentro de la taza, donde enseguida
se derritieron. Roberto se animó, y pensó que ya
no había nada que él pudiera hacer. Volverían a su
casa en cuanto dejara de llover. Siguió el ejemplo de
su abuelo y, además, hizo sopitas echando dentro
de la taza algunos trocitos de pan francés. El abuelo
le sonrió; restregó su mejilla contra el hombro del niño
y se miraron con complicidad.

Cuando terminaron su chocolate, ya solo caían unos
pocos goterones. "Es hora de irnos", dijo el abuelo,
pidiéndole a Roberto que le alcanzara sus zapatos.
"¡Uy! qué mojadas y frías están estas medias", se quejó,
frotándose los pies.

El niño tiritaba de frío. Su abuelo también. La ruana estaba empapada y pesada, los zapatos de los dos escurrían agua. Las medias y los pies de Roberto eran, ahora, rojos como sus tenis.

El abuelo agradeció a la panadera y pidió que le empacara otro pan francés para llevar. "Es para amansar a tu mamá", susurró a Roberto. Preguntó cuánto debía pagar, y se enfureció al escuchar que eran cinco mil pesos. "¡¿Cinco mil pesos?!", exclamó, "No soy tonto, señorita. ¡Con eso hago el mercado de un mes!".

La panadera y Roberto se miraron. El abuelo olvidaba a veces algunas cosas, entre ellas el valor del dinero. Buscó en el bolsillo de su suéter y dejó sobre el mostrador una moneda. "Esto no puede costar más de quinientos pesos", dijo indignado. La panadera los recibió con una sonrisa. "Muy bien don Alvarito, no se preocupe", respondió. "Mañana me traes la plata", le dijo en voz baja a Roberto.

"Qué barbaridad", se quejó el abuelo tomando la mano de su nieto a la salida de la panadería. "Ya no se puede confiar en nadie. ¿Viste cómo esa señorita tan amable, nos quería robar?".

Roberto y su abuelo cruzaron la calle, esta vez por
la esquina, y caminaron lo más aprisa que pudieron
hacia su casa. Ya había caído la noche. Al llegar,
encontraron un gran alboroto en la entrada. "Mamá
estará enojada", dijo el niño apretando la mano
de su abuelo. "No te preocupes Robert", le respondió él.
"Estás conmigo, y tu mamá sabe que ¡yo te cuido!".

Los tíos y los primos estaban allí; algunos asomados
a las ventanas escudriñando la oscuridad con caras
preocupadas, otros parados en la esquina opuesta
con la esperanza de verlos llegar. Josefa, incapaz de
contener el llanto, no lograba responder ninguna
de las preguntas que le formulaban. Papá, al teléfono,
hacía una descripción lo más exacta posible,
de los rasgos físicos de los "perdidos".

Mamá salió a su encuentro cuando cruzaron la puerta.
"¡¿Dónde estaban?! ¡Están empapados! Métanse
al baño, tomen una ducha caliente para sacarse
el frío. ¡Josefa, prepare una olleta de aguadepanela
con limón!, por favor". Hablaba sin parar, sin saber
si enojarse con ellos, o alegrarse por verlos de nuevo.
"¡Aaaaachúuuu!", estornudó el abuelo.

A la mañana siguiente, cuando Roberto despertó,
el abuelo no se había levantado. Corrió a su alcoba
y la encontró en penumbra.

El abuelo seguía en su cama. Sobre la mesa de noche,
no cabía un frasco más: jarabe para la tos, gotas
para bajar la fiebre, una jarra con jugo de naranja,
un termómetro de vidrio y una caja de pañuelos
desechables. Roberto se quitó las pantuflas y se metió
entre las cobijas junto a su abuelo.

Acercó su mejilla a la de él, y el corazón le dio
un brinco dentro del pecho: estaba caliente. Se asustó.
Rodeó el cuello de su abuelo con su brazo y recostó
la cabeza en su hombro. El abuelo abrió los ojos y estiró
una mano, para acariciar la mejilla del niño. "Es solo
gripa, abuelito", dijo Roberto apretándose contra él.
"No tengas miedo. ¡Yo te cuido!".